LES FESTES VENITIENNES,

BALLET

REPRÉSENTÉ

PAR L'ACADEMIE ROYALE

DE MUSIQUE,

POUR LA PREMIÉRE FOIS,

Le 17 Juin 1710.

Repris   Le 10 Mars 1713.   Le 14 Juin 1731.
          Le 10 Juillet 1721.   Le 19 Juillet 1740.

Et Remis le Mardi 16 Juin 1750.

PRIX XXX SOLS.

AUX DEPENS DE L'ACADEMIE.

A PARIS, Chez la V. DELORMEL & FILS, Imprimeur de ladite
Academie, rue du Foin, à l'Image Ste. Geneviéve.

On trouvera des Livres de Paroles à la Salle de l'Opéra.

M. D. C. C. L.

AVEC APPROBATION ET PRIVILEGE DU ROY.

Les Paroles de Monſieur DANCHET.

La Muſique de Monſieur CAMPRA.

ACTEURS CHANTANS

Dans les Chœurs.

CÔTÉ DU ROI.		CÔTÉ DE LA REINE.	
Mesdemoiselles.	*Messieurs.*	*Mesdemoiselles.*	*Messieurs.*
Dun.	Lefebvre.	Cartou.	Gratin.
Tulou.	Le Page c.	Rollet.	Le Mesle.
Delorge.	S. Martin.	Daliere.	Bertrand.
Larcher.	Dun, fils.	Masson.	Dumats.
	Fel.	Chefdevile.	Hordé.
Cazeau.	Bourque.	Gondré.	Levasseur.
Le Tourneur.	Duchenet.	Hery.	Chapotin.
Lablotiere.	Rochette.	Folliot.	Favier.
	Le Roy.		
La Croix.	Selle.	Sommervile	Feret.
Sallaville.	Roze.	Duval.	Touchain.

A ij

ACTEURS.

LE CARNAVAL,   M^r Le Page.

LA FOLIE,   Mlle Coupée.

SUIVANS DU CARNAVAL.

PERSONNAGES DANSANS.

SUIVANS DE LA FOLIE.

Fou, Mr SODY.

Fou, Mr TESSIER. *Fole*, Mlle la BATTE.

Foux, Mrs Lelievre, Gobert.

Foles, Mlles Sauvage, Facho.

Vieux, Mrs Caillé, Bourgeois,

Vieilles, Mlles Puvignée m. Deschamps.

MASQUES COMIQUES.

Mrs Saunier, Lavale.

Mlles Belnot, Julie.

LE CARNAVAL
ET LA FOLIE,
PROLOGUE
DES FESTES VENITIENNES.

Le Théâtre repréfente la Place de Venife ; & dans l'é-
loignement, les Ifles qui font en vûë de cette Place.

SCENE PREMIERE.

LE CARNAVAL , Troupe DE MASQUES.

LE CARNAVAL.

L'Eclat de ce féjour tranquille, au fein des
    mers ,
Attire cent Peuples divers,
Charmez de fa magnificence ;
Mais il n'eft jamais plus pompeux ,
Que lorfque les Ris & les Jeux
S'y raffemblent par ma préfence.

Gardez-vous de troubler nos doux amusemens,
Fuyez, sombres Chagrins; fuyez, Sagesse austere :
Volez, Amours, volez, abandonnez Cythere,
   Venez sur des bords plus charmans.

C H Œ U R S.

Volez, Amours, volez, abandonnez Cythere,
   Venez sur des bords plus charmans.

L E   C A R N A V A L.

   Vous y trouverez mille Amans
   Occupez du soin de vous plaire.

C H Œ U R S.

Volez, Amours, volez, abandonnez Cythere,
   Venez sur des bords plus charmans.

L E   C A R N A V A L.

   Pour cacher un tendre mystere,
   J'offre d'heureux déguisemens :
Volez, Amours, volez, abandonnez Cythere,
   Venez sur des bords plus charmans.

C H Œ U R S.

Volez, Amours, volez, abandonnez Cythere,
   Venez sur des bords plus charmans.

SCENE II.
LE CARNAVAL, LA FOLIE.

La Suite de la FOLIE entre en danſant.

LA FOLIE.

Accourez, hatez-vous,
Goûtez les charmes de la vie ;
Je les diſpenſe tous,
Il n'en eſt point ſans la Folie.

Les plaiſirs regnent dans ma Cour,
C'eſt moi ſeule qui les inſpire :
Je ſers de guide au tendre Amour.
Et je partage ſon empire.

Accourez, hâtez-vous,
Goûtez les charmes de la vie ;
Je les diſpenſe tous,
Il n'en eſt point ſans la Folie.

Je ramene les tendres jeux,
Je chaſſe la raiſon cruelle ;
Venez, vous ſerez trop heureux,
Si vous êtes délivrez d'elle.

Accourez hâtez-vous,
Goûtez les charmes de la vie ;
Je les diſpenſe tous.
Il n'en eſt point ſans la Folie.

Les Suivans du CARNAVAL *& de la* FOLIE,
forment le Divertiſſement.

LE CARNAVAL, LA FOLIE, ET LES CHŒURS.

Chantons, & nous réjouiſſons ;
Laiſſez-nous, raiſon trop fevere ;
Nous donner d'auſteres leçons,
N'eſt pas le moyen de nous plaire.
Chantons, & nous réjouiſſons,
Laiſſez-nous, raiſon trop févere.

FIN DU PROLOGUE.

LES

LES DEVINS

DE LA PLACE

SAINT MARC

B

ACTEURS.

LEANDRE, *Cavalier François* , M. de Chaffé.

ZELIE *jeune Vénitienne*
déguifée en Bohëmienne , Mlle. Chevalier.

BOHEMIENNE, Mlle. Romainville.

DEVINS, BOHEMIENS & BOHEMIENNES.

PERSONNAGES DANSANS.

BOHEMIENS & BOHEMIENNES.

Mlle. CAMARGO.

Mr. DUPRE'.

Mrs. Lavalle, Hamoche, Feuillade , le Lievre ,
Laurent ; Gobert ,

Mells. St. Germain, Courcelle, Thiery, Beaufort ,
Victoire , Défirée.

LES DEVINS.

Le Théâtre repréſente la Place Saint Marc.

SCENE PREMIERE.

UNE BOHEMIENNE, ZELIE
déguiſée en BOHEMIENNE.

LA BOHEMIENNE.

NOTRE Climat jamais n'eût rien de comparable
    parable
Aux attraits qui brillent en vous :
Que ma troupe ſeroit aimable ,
Si vous pouviez toûjours demeurer parmi nous !

ZELIE.

Je ne mérite point un langage ſi doux.

SCENE II.

LEANDRE.

Amour, favorife mes vœux,
Ne fois point offenfé, fi mon cœur eft volage ;
    Prendre fouvent de nouveaux nœuds,
    C'eft te rendre fouvent hommage.

  Lorfque j'ai triomphé d'un cœur,
  Je médite une autre victoire :
  Brûler d'une infidelle ardeur,
C'eft travailler fans ceffe à te combler de gloire.

  Amour, favorife mes vœux,
Ne fois point offenfé, fi mon cœur eft volage ;
    Prendre fouvent de nouveaux nœuds,
    C'eft te rendre fouvent hommage.

SCENE III.

LEANDRE, ZELIE, en Bohemienne.

ZELIE entre en danſant ſur le Théâtre.

Jeune Etranger, veux-tu ſçavoir
Ta bonne ou mauvaiſe fortune ?
Ma ſcience n'eſt point commune
Dans le grand art de tout prévoir.

LEANDRE.

Je ne veux point prévoir le plaiſir ni la peine,
Pour être au rang des cœurs contens :
La crainte d'un malheur m'inquiéte & me gêne,
Et je goûte bien moins un bonheur que j'attends.

ZELIE.

Que ta crainte finiſſe,
Eprouve quels ſont mes talens :
Du moins ſur tes projets galans,
Veux-tu que mon art t'éclairciſſe ?

LEANDRE.

Sur mes projets d'amour je crains peu l'avenir,
Vous pouvez m'en entretenir.

ZELIE.

Par mes ſublimes connoiſſances
Je lis dans les ſecrets des Dieux :

Et dans ta main ou dans tes yeux
Je connoîtrai ce que tu penses.

Elle prend la main de LEANDRE.

Que vois - je ? dans ces lieux
A combien de beautez tu promets ta tendreſſe !
Tu ſçais parler d'amour , tu l'exprimes des mieux ,
Sans que d'un trait conſtant jamais ce Dieu te bleſſe.

L E A N D R E.

Je croyois vos diſcours un effet du hazard ;
Mais je vais admirer votre art.
Il eſt vrai , je ſuis infidelle ,
Par tout ce qui me plaît je me ſens arrêté :
Le cœur ne fut jamais le tribut d'une Belle ,
Il eſt celui de la Beauté.

Z E L I E.

Deux objets dans Veniſe ont vû briller ta flâme ,
Et je ſçais bien pourquoi tu n'en ſens plus l'ardeur.

L E A N D R E.

Quoi ! Vous pouvez ſçavoir ? . . .

Z E L I E.

Tu regnes dans leur ame ,
Elles ne touchent plus ton cœur.

L E A N D R E.

Dois-je me piquer de conſtance
Dès que d'un tendre objet le cœur paroît charmé ?
Ce ſeroit démentir les lieux de ma naiſſance ,
D'être toûjours Amant , lorſque je ſuis aimé.

Z E L I E.

ZELIE, *en reprenant la main de* **LEANDRE**.

Pour une nouvelle Maîtreſſe,
Je vois qu'un nouveau ſoin te preſſe !

LEANDRE.

Croyez-vous que bien-tôt je puiſſe l'enflâmer ?

ZELIE.

Elle eſt fiere, & jamais elle n'eut de foibleſſe.

LEANDRE.

Non, ne penſez pas m'allarmer.
Je ſçais contraindre un cœur rebelle
A m'engager ſa liberté :
Je voudrois pour la nouveauté,
Pouvoir trouver une cruelle.

ZELIE.

Je prévoi que bien-tôt ton cœur ſera content :
Elle veut un amour conſtant.

LEANDRE.

Je jure avec tranſport la plus vive tendreſſe,
Je jure que jamais elle ne peut finir :
Il m'eſt toujours aiſé d'en faire la promeſſe,
Et mal aiſé de la tenir.

ZELIE.

Ecoute par mon art ce que je vais prédire.
Aujourd'hui dans nos Jeux
Tu verras l'Objet de tes vœux :
Lui - même aura ſoin de t'inſtruire
Du ſuccès de tes feux.

C

SCENE IV.

LES DEVINS, LES BOHEMIENNES
de la Place Saint Marc, entrent en danfant
fur le Théâtre.

CHŒUR.

VEnez, empreffez-vous, Amans, venez entendre.
Quel fera le fuccès de vos foins amoureux :
Par notre art, vous pouvez apprendre
Tous les événemens heureux ou malheureux.

Divertiffement.

CANTATE.
ZELIE.

Sans troubler le repos du ténébreux empire,
Jufques dans l'avenir, nous avons l'art de lire.

Amant, fi vous êtes conftant,
Toûjours empreffé, toûjours tendre ;
Il eft aifé de vous apprendre
Quel eft le fort qui vous attend.

Quel objet pourroit fe défendre ?
Efperez, vous ferez content :
L'inftant eft marqué pour fe rendre,
L'Amour amene cet inftant,
Pourvû que vous vouliez l'attendre.

Amant, fi vous êtes conftant, &c.

On danfe.

Venez fieres Beautez , écoutez nos chansons ,
Songez à profiter de nos tendres leçons.
Vous soûmettez à votre empire
Une foule d'Amans :
Si vous les méprisez , je ne puis vous prédire
Que des regrets & des tourmens.

❋

L'Amour qui vole sur vos traces ,
Ne regne que dans les beaux ans ;
Il va s'enfuir avec les graces
Que vous donne votre printemps.

Vous perdez des jours favorables ,
Où vos yeux pourroient tout charmer ;
Quand vous ne serez plus aimables ,
Que vous servira-t'il d'aimer ?

L'Amour qui vole sur vos traces ,
Ne regne que dans les beaux ans ;
Il va s'enfuir avec les graces
Que vous donne votre printemps.

On danse.

A la fin du Divertissement LEANDRE *se leve ,*
& paroît inquiet.

SCENE V.

LEANDRE, ZELIE.

LEANDRE.

Votre art eſt peu certain ; je ne vois point paroître
L'Objet que j'avois ſouhaité.

ZELIE.

D'un eſpoir ſéducteur je ne t'ai point flatté ;
Il faut te le faire connoître.

Elle ſe démaſque.

LEANDRE.

Que vois-je ?

ZELIE.

Tu m'offrois de dangereux liens.
Je ſçai tes ſentimens, tu peux juger des miens.

Elle ſort.

LEANDRE.

Il le faut avouer ; ſon adreſſe eſt extrême,
Et je ne pouvois la prévoir ;
Mais ce trait cependant montre aſſez qu'elle m'aime,
Suivons-la, je n'ai point encor perdu l'eſpoir.

FIN DES DEVINS.

L'AMOUR

SALTINBANQUE.

ACTEURS.

FILINDO, *Chef des Saltinbanques*, M^r· le Page.

ERASTE, *jeune François*, *Amant*
    de LEONORE.   M^r· Jelyot.

LEONORE, *jeune Vénitienne*,   Mlle·Duperay.

NERINE, *surveillante*
    de LENORE,   M^r· De la Tour.

LAMOUR, *Saltinbanque*,   Mlle·Coupée.

SALTINBANQUES.

PERSONNAGES DANSANS.
MASQUES COMIQUES.

ESPAGNOLS, M^r· LANY & TESSIER.

ESPAGNOLETTE, Mlle· CARVILLE.

Polichinelle, M^r· SODY. *Colombine*, Mlle· VICTOIRE.

Mlle· DALLEMAND.

Espagnols, M^rs· Le Lievre & Laval.

Espagnollettes, Mlles· Thiery & Beaufort.

	Messieurs.		Medemoiselles.
Arlequin,	Beat	*Arlequine*,	Courcelle.
Scaramouche,	Saunier.	*Scaramouchette*,	Desirée.
Mezetin,	Feuillade.	*Mezetine*,	Belnot.
Pentallon,	Gobert.	*Vénitienne*,	Julie.
Polichinelle,	Laurent.	*Colombine*,	Parquet.

L'AMOUR
SALTINBANQUE.

Le Théâtre réprésente une Place Publique.

SCENE PREMIERE.

FILINDO, Chef d'une Troupe de Saltinbanques :
ERASTE, jeune François, déguisé en Espagnol,
un masque à la main.

FILINDO, ERASTE.

FILINDO.

A MANT, que votre trouble cesse ;
Lorsqu'un aimable Objet vous blesse,
Voyez quels sont vos Médecins :
L'Amour dans vos maux s'interesse ;
Et je seconde vos desseins.

ERASTE.

C'eſt trop long-temps cacher ma peine,
Leonore a touché mon cœur ,
Je veux lui découvrir ma ſecrete langueur ;
Mais mon attente eſt toûjours vaine :
On l'obſerve avec ſoin , on la ſuit en tous lieux ,
Je n'ai pû juſqu'ici lui parler que des yeux.

FILINDO.

Les yeux dans l'amoureux empire
Sont les interprêtes des cœurs.

Un regard languiſſant prouve un tendre martyre ,
Mieux qu'un diſcours rempli de fleurs.

Les yeux dans l'amoureux empire ,
Sont les interprêtes des cœurs.

ERASTE.

Le langage des yeux eſt d'un charmant uſage ,
A deux cœurs bien unis il offre mille appas :
Mais que ſert ce langage ,
Si l'un des deux ne l'entend pas ?

FILINDO.

Une Belle ſouvent dans l'âge le plus tendre ,
Ne ſçait pas le parler ,
Qu'elle commence de l'entendre :
Si l'Objet qui vous charme eſt encore à l'apprendre ,
Mon zele va ſe ſignaler ,
Il n'eſt rien que pour vous je ne puiſſe entreprendre.

Leonore

Leonore dans ce féjour
S'amufe quelquefois aux innocens Spectacles ;
Qu'au Public affemblé je donne chaque jour ;
Je prépare des jeux qui vaincront les obftacles
Que l'on oppofe à votre amour.

Il apperçoit LEONORE *avec une* SURVEILLANTE.

C'eft elle qui paroît. On la fuit : Le temps preffe ;
Cachons-nous à fes yeux , allons tout préparer.

ERASTE.

Que le fort favorife , ou trompe ma tendreffe ,
D'un cœur reconnoiffant je puis vous affurer.

SCENE II.

LEONORE , NERINE Surveillante.

NERINE.

Songez , fongez à vous défendre ,
Tout Amant eft un impofteur.

Par l'attrait d'un difcours flatteur ,
Il ne cherche qu'à vous furprendre.

Songez , fongez à vous défendre ,
Tout Amant eft un impofteur.

D

LEONORE.

Me tiendrez-vous toûjours cet importun langage ?
Vos foupçons éternels doivent me faire outrage ?
Sans vous, fans vos confeils, je puis garder mon cœur.

NERINE.

Songez , fongez à vous défendre.

LEONORE.

Faudra-t'il toûjours vous entendre ?

NERINE.

Tout Amant eft un impofteur.

LEONORE.

Valere, Octave, en vain prétendent me contraindre
A reffentir l'amour.

NERINE.

Venife dans fon fein leur a donné le jour ,
Ils ne font pas les plus à craindre :
Mais ce jeune Etranger . . .

LEONORE.

Helas !

NERINE.

Vous foûpirez !
La France l'a vû naître , il eft galant, aimable ,
De tous ceux que vous attirez ,
Je le crois le plus redoutable.

LEONORE.

J'ignorois que fans ceffe attaché fur mes pas ,
Cet Amant de mon cœur voulût fe rendre maître.
Ce que je ne connoiffois pas ,
Vos foupçons me l'ont fait connaître.

Si la conftance de fa foi
Me contraint un jour à me rendre ;
Non, ce n'eft plus à moi,
C'eft à vous qu'il s'en faudra prendre.

NERINE.

Vous le croïez conftant ? Ah ! Redoutez les feux
Des Amans que produit ce Climat dangereux.

Si vous les méprifez , leur amour eft extrême ,
Rien n'égale l'ardeur de leurs tendres defirs ;
Mais quand ils fçavent qu'on les aime ,
Ils font plus inconftans que l'Onde & les Zephirs.

LEONORE.

Par des portraits peu véritables ,
On nous trompe dans nos beaux jours ;
Pour nous faire peur des Amours ,
On peint les Amans redoutables.

NERINE.

Vous m'en dites affez ; cet Amant vous féduit !
De mes fages leçons eft-ce donc là le fruit ?

LEONORE.

Je pourrois bien un jour mériter vos allarmes.

Je crois que les Amours n'ont que de faux brillans,
J'ai toûjours méprifé leurs armes ;
Mais je conçois qu'il eft des charmes
A tromper des yeux furveillans.

NERINE.

Je le vois, rien ne vous arrête ;
Rebelle à mes conseils. . . .

LEONORE.

Laissez-moi voir la Fête.

NERINE.

Je vous l'ai dit cent fois : Gardez bien votre cœur,
Songez, songez à vous défendre.

LEONORE.

Faudra-t'il toûjours vous entendre ?

NERINE.

Tout Amant est un imposteur.

SCENE III.

L'Amour paroît avec sa suite. Il est revêtu d'Ornemens pareils à ceux des Saltinbanques qui le précedent, & il n'est caractérisé que par un Arc qu'il tient dans sa main. Il va se placer sur un Théâtre élevé par les Plaisirs & les Jeux qui l'accompagnent sous des formes comiques.

L'AMOUR, FILINDO, ERASTE, LEONORE,
NERINE & LES CHŒURS.

FILINDO, & les CHŒURS.

Hatez-vous, accourez, volez de toutes parts,
　　　Nous vous amenons de Cythere
　　　Ce qui peut charmer vos regards,
　　　Notre soin vous est nécessaire :
Hâtez-vous, accourez, volez de toutes parts.

Tandis que la Surveillante s'occupe à voir la Fête,
Eraste s'approche de Leonore, & s'entretient
avec elle.

L' A M O U R.

Venez tous, venez faire emplette,
Je vends le secret d'être heureux ;
Je fais dispenser ma recette
Par les Plaisirs & par les Jeux.

La froide indifference est une maladie
Funeste aux jeunes cœurs ;
Je remedie,
A ses langueurs.

Venez tous, venez faire emplette,
Je vends le secret d'être heureux ;
Je fais dispenser ma recette
Par les Plaisirs & par les Jeux.

L'ennuy d'une ame insensible
Est un dangereux poison ;
Pressez-en la guérison,
Mon secret est infaillible
Dans votre jeune saison.

Venez tous, venez faire emplette,
Je vends le secret d'être heureux ;
Je fais dispenser ma recette
Par les Plaisirs & par les Jeux.

On danse.

L'AMOUR.

Effet admirable
De mon fçavoir ;
Tout devient aimable
Par mon pouvoir.

La Jeuneffe en eft plus brillante ,
Et la Vieilleffe moins péfante ,
La laideur fe perd par mon fard ,
La Beauté paroît plus touchante
Avec le fecours de mon art.

Effet admirable
De mon fçavoir ;
Tout devient aimable
Par mon pouvoir.

Au plus timide cœur je donne du courage ,
J'anime le plus indolent ,
J'adoucis une ame fauvage ,
Je rends vif l'efprit le plus lent.

Effet admirable
De mon fçavoir ;
Tout devient aimable
Par mon pouvoir.

*Les Plaifirs qui font à la fuite de l'Amour , forment
un Divertiffement comique.*

L'AMOUR.

Le prix d'un si grand bien, peut-être, vous étonne ?
    Je ne le vends plus, je le donne :
    Au bon vieux tems des Amadis,
    Je le mettois à trop haut prix.

J'exigeois des soupirs, des pleurs, de la constance,
    Un cœur sincere, un cœur discret,
    Et qui même sans récompense,
Fût content de languir, de brûler en secret.

        Ce n'est plus la mode
        Des Amants constans :
        L'Amour s'accomode
        Au défaut du tems.

        Un peu de contrainte,
        Un cœur complaisant,
        Une flâme feinte
        Suffit à présent.

        Ce n'est plus la mode, &c.

ERASTE se leve, & vient avec LEONORE, *sur le Théâtre.*

ERASTE à LEONORE.

    Non, il est un fidele Amant,
    Qui porte vos fers, qui vous aime.

LEONORE.

L'Amour dans vos discours me paroît plus charmant,
    Que lorsqu'il se vante lui-même.

N E R I N E.

Ah ! Vous trompez mes foins !

E R A S T E.

Ne contrains plus nos feux ,
Ceffe de nous être contraire ,
Obtenons l'aveu de fon Pere ;
Efpere tout de moi , fi je deviens heureux.

L' A M O U R.

Le Tems s'écoule
Il faut le ménager ;
Venez en foule
Je fuis un Marchand paffager.

Je fais peu de féjour , je pars fans qu'on y penfe ,
Vous regretterez ma préfence ;
Hâtez-vous d'acheter : Et vous Plaifirs charmans ,
Préparez à leurs yeux de doux amufemens.

Le Divertiffement continuë.

C H Œ U R.

Accourez , que chacun s'empreffe ,
L'Amour préfente à vos défirs
L'Antidote de la trifteffe ,
Et la fource des vrais plaifirs.

Profitez dans votre bel âge
D'un bien qui vous rendra contens ,
Voulez-vous , pour en faire ufage ,
Attendre qu'il n'en foit plus temps.

FIN DE L'AMOUR SALTINBANQUE.

LE BAL.

ACTEURS.

ALAMIR, *Prince Polonois,*
habillé à la Françoise.   M^{r.} De Chaffé.

THEMIR, *Gentilhomme de la suite*
d'ALAMIR, déguisé en Prince Polonois. Mr. Poirier.

IPHISE, *Venitienne.*   Mlle. Romainville.

MAISTRE DE MUSIQUE,   M^{r.} De la Tour.

MAISTRE DE DANSE,   { Mr. Lyonnois.
    { Mr. Deviffe.

VENITIENS & VENITIENNES, *masqués.*

PERSONNAGES DANSANS.

MASQUES GALANTS.

Mlle. CAMARGO.

Mrs. Bourgeois & Cayée.

Mlles. Deschamps & Séelle.

Mr. VESTRIS.

Mlle. PUVIGNE'E.

MASQUES COMIQUES.

Mr. LANY & Mlle. DALLEMAND.

Meffieurs.		Mefdemoifelles.	
Efpagnol,	Le Lievre.	Efpagnolette,	Pacho.
Matelot,	Gobert.	Matelotte,	Julie.
François,	Hamoche.	Françoise,	St. Germain.

Payfans, Mrs. Laurent & Beat.

Payfannes, Mlles. Victoire & Brifeval.

LE BAL.

Le Théâtre représente une Galerie préparée pour un Bal.

SCENE PREMIERE.

ALAMIR, THEMIR.

THEMIR.

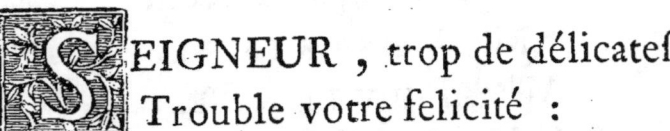EIGNEUR, trop de délicatesse
Trouble votre felicité :
Vous aimez dans Venise une jeune Beauté,
Et vous ne la charmez que par votre tendresse.

Elle ignore qu'en vous un Prince est son Amant,
Et, pour juger encor de sa persévérance,
Paré de votre nom, sous votre habillement,
Je fais briller l'éclat d'une haute puissance.

E ij

Du plus parfait amour
Je feins de reffentir toute la violence,
Mais les Fêtes, les Jeux que j'offre chaque jour
N'affoibliffent point fa conftance.

A L A M I R.

De fes vrais fentimens j'ai voulu m'éclaircir,
Ce projet a rendu ma flâme plus heureufe.

T H E M I R.

Il eft rare de réuffir
Par cette épreuve dangereufe.

Le défir d'un rang glorieux
Eteint les ardeurs les plus belles:
Il eft bien moins de cœurs fidelles,
Qu'il n'eft de cœurs ambitieux.

A L A M I R.

Et c'eft ce qui troubloit mon ame,
Je n'ofois me livrer aux tranfports de ma flâme.

Un Amant élevé dans l'éclat des grandeurs,
En amour n'eft jamais paifible;
Il peut toûjours douter fi c'eft à fes ardeurs,
Ou fi c'eft à fon rang qu'une Amante eft fenfible.

T H E M I R.

Tout confpire à vous rendre heureux,
Ne vous impofez plus une dure contrainte:

Iphife apprenant votre feinte ,
Pourra la pardonner à l'excès de vos feux.

Par vos ordres exprès j'ordonne un Bal pompeux :
Deux Maîtres renommés qu'à vû naître la France ;
Doivent en préparer & les Chants & la Danfe :
Vous y verrez l'Objet de vos plus tendres vœux.

A L A M I R.

Tu fçais par quel moyen tu me feras connoître.

T H E M I R.

Allez, je vois paroître
Les Ordonnateurs de nos jeux.

S C E N E II.

THEMIR, UN M^{tre.} DE MUSIQUE,
UN M^{tre.} DE DANSE.

LE M^{tre.} DE MUSIQUE & LE M^{tre.} DE DANSE.

DE nos communs efforts vous devez tout attendre.

LE M^{tre.} DE MUSIQUE.

Ballet charmant !

LE M^{tre.} DE DANSE.

Muſique tendre !

LE M^{tre.} DE MUSIQUE.

Ah! C'eſt vous ,

LE M^{tre.} DE DANSE,

Ah ! C'eſt vous.

ENSEMBLE.

Qui l'emportez ſur moi.

THEMIR.

J'admire ce flatteur langage ;
Mais parmi vous , eſt-ce un uſage
De vous louer de bonne foi ?

LE M^tre^ DE MUSIQUE.

Grace au Ciel, de mon Art je connois le sublime,
 Tout céde à mes divins transports :
 Je puis dans le feu qui m'anime ,
Du Chantre de la Thrace effacer les accords.

LE M^tre^ DE DANSE.

 Mes pas sont autant de merveilles,
 Ils sont brillants & gracieux;
 Je sçais l'art de tracer aux yeux,
 Les sons qui frapent les oreilles.

LE M^tre^ DE MUSIQUE.

 Aux yeux des Matelots
 Faut-il peindre un orage ?
 Je porte par tout le ravage,
Je fait siffler les vents, je souleve les flots.

LE M^tre^ DE DANSE.

Si des vents en courroux il faut montrer la rage,
Par divers tourbillons j'en deviens un image.

LE M^tre^ DE MUSIQUE.

 Faut - il inspirer le repos ?
Au tranquille Sommeil je prête des pavots.

LE M^tre. DE DANSE.

D'un songe agréable
Je peins la douceur :

D'un songe effroyable
Je fais voir l'horreur.

LE M^tre. DE MUSIQUE.

Si j'évoque les morts de leurs demeures sombres ,
Je puis faire trembler les plus audacieux.

LE M^tre. DE DANSE.

Sous le terrible aspect d'un Demon furieux
Je puis épouvanter les ombres.

LE M^tre. DE MUSIQUE.

Je célébre l'Amour sur mille tons divers ,
Je vante le Printems , les Zephirs , la Verdure ;
On croit entendre dans mes Airs ,
Un Rossignol qui chante , un Ruisseau qui murmure.

LE M^tre. DE DANSE.

J'anime les Bergers heureux ,
Qui par une Danse legere
Semblent sur la verte fougere
Tracer l'image de leurs feux.

LE

LE M*re.* DE MUSIQUE.

Par une brillante saillie
Je fais honneur à l'Italie.

Volate Amori ,
Ferite tutti i cori.

LE M*re.* DE DANSE.

Et moi je fais . . .

THEMIR.

Allez, je vois quelqu'un paroître,
Allez, tout aprêter :
Pour Maîtres dans vos Arts je dois vous reconnoître,
Au soin que vous prenez tous deux de vous vanter.

SCENE III.

ALAMIR, IPHISE.

ALAMIR.

Pourrois-je me flatter de regner dans votre ame,
Lorsqu'un Prince charmé de l'éclat de vos yeux,
Joint à l'hommage de sa flâme,
Tout ce qui peut toucher un cœur ambitieux ?

La gloire, la magnificence
Accompagnent par tout ses pas ;
Et je n'oppose à tant d'appas
Que mon amour & ma constance.

F

IPHISE.

Cruel ! Quelle eſt votre rigueur ?
Par cet injuſte effroi n'offenſez point mon cœur.

Vous ſçavez que je vous aime ,
Je fais mon bonheur ſuprême
De vous charmer à mon tour :
C'eſt dans une ame commune ,
Que l'éclat de la Fortune
Peut triompher de l'Amour.

ALAMIR.

Quoi ! Vôtre cœur pourroit refuſer la victoire
Aux charmes d'un rang éclatant !

IPHISE.

Je ne veux que la gloire
De vous rendre conſtant.

ALAMIR.

Ah ! C'en eſt trop , Beauté charmante ,
Partagez d'un Amant la fortune brillante ,
Il vous offre un bonheur certain ;
Que ſous d'aimables loix un doux himen vous range,
Conſentez que l'Amour vous venge
Des fautes du Deſtin.

IPHISE.

Dans quels ſoupçons, Ingrat, me jette ce langage !

ALAMIR.

Le Ciel en vous formant vous a fait un outrage.
Les fentimens du cœur & le charme des yeux
    Furent votre partage ;
Mais vous deviez briller dans un rang glorieux,
    Il faut qu'un Mortel qui vous aime,
    Vous offre la grandeur fuprême
    Que devoient vous donner les Dieux.

IPHISE.

Ah ! J'ai perdu votre tendreffe ,
Ce vain difcours eft une adreffe
Qui cache un changement fatal :
Non , il n'eft pas poffible
Qu'un Amant bien fenfible
Parle pour fon Rival.

ALAMIR.

Aimez un Prince , aimez . . . .

IPHISE.

        Tu le veux donc , Perfide?

ALAMIR.

Si vous ne l'aimez pas, je ne puis être heureux.

IPHISE.

C'en eft fait : je fuivrai le tranfport qui me guide ,
Pour me venger de toi, j'approuverai fes feux,
Mon jufte défefpoir... Je le voi qui s'avance !
Ingrat , je t'aime encor , malgré ton inconftance.

SCENE IV.

ALAMIR, IPHISE, THEMIR.

THEMIR.

Prince , les Jeux font prêts ,
Sans vos ordres exprès ,
Je ne dois point...

IPHISE.

O Ciel !

ALAMIR.

Que la Fête commence.

SCENE V.

ALAMIR, IPHISE.

IPHISE.

QU'entens-je ! Quel eſt ce diſcours ?
N'en puis - je ſçavoir le myſtere ?

ALAMIR.

Iphiſe , j'ai voulu vous plaire ,
Sans avoir de mon rang employé le ſecours.

Mon cœur eſt aſſuré du votre ,
Pardonnez cette feinte à la plus vive ardeur :
Partagez avec moi la ſuprême grandeur ,
Dont tout l'éclat n'a pû vous toucher pour un autre.

IPHISE.

Je ne vois en vous qu'un Amant ,
Votre amour ſeul touche mon ame.

ALAMIR.

Ah ! Que mon bonheur eſt charmant ,
Et qu'il augmente encor ma flâme !

ENSEMBLE.

Aimons-nous , aimons-nous ,
Qu'à jamais l'Amour nous enchaîne ;
Richeſſes , grandeur ſouveraine ,
Sans lui , rien ne peut être doux ;
Aimons-nous aimons-nous.
Qu'à jamais l'amour nous enchaîne.

SCENE VI.

LES MAITRES DE MUSIQUE & de DANSE
viennent avec une foule de Masques dansans
& chantans, & le Bal commence.

C H Œ U R.

QUe les Ris, que les Jeux dans cet heureux séjour,
  Avec tous ses attraits, fassent regner l'Amour.
Tendre Amour, dans la nuit c'est toi seul qui nous
    guides,
Tu la fais préférer aux jours les plus charmans;
  Tu rends dans ces momens
Les Amans plus hardis, les Beautez moins timides.

On danse.

I P H I S E.

Non, non, jamais de liberté,
Quand c'est l'Amour qui nous enchaîne.
Un Amant en est enchanté,
Il se plait même dans sa peine.
Lassé des fers d'une inhumaine
Il ose appeller la fierté;
Mais si la raison la ramene,
Le cœur lui répond irrité,
Non, non, jamais de liberté,
Quand c'est l'Amour qui nous enchaîne.

On danse.

FIN DU BAL.

APPROBATION.

J'Ai lû par ordre de Monseigneur le Chancelier une sixiéme édition, *du Ballet des* FESTES VENITIENNES; Poëme qui a toûjours été repris avec succés au Théâtre. A Versailles ce huit Juin mil sept cent cinquante.

DEMONCRIF.

PRIVILEGE DU ROY.

LOUIS par la grace de Dieu, Roy de France & de Navarre : A nos amés & feaux Conseillers, les Gens tenans nos Cours de Parlemens, Maîtres des Requêtes ordinaires de nôtre Hôtel, Grand'Conseil, Prevôt de Paris, Baillifs, Sénéchaux, leurs Lieutenans Civils, & autres nos Justiciers qu'il appartiendra, Salut. Nôtre très-cher & bien amé le Sieur LOUIS-ARMAND EUGENE DE THURET, cy-devant Capitaine au Regiment de Picardie; Nous a fait représenter que, par Arrest de nôtre Conseil du 30 May 1733. Nous avons revoqué le Privilege qui avoit été accordé au Sieur le Comte & ses Associez, pour raison de l'Academie Royale de Musique, ses circonstances & dépendances, & rétabli ledit Privilege en faveur dudit Sieur Exposant, pour en joüir par lui, ses Associez. Cessionnaires & ayans-cause aux charges & conditions portées par ledit Arrest, pendant le temps & espace de vingt-neuf années, à compter du premier Avril de ladite année 1733 & que pour l'exploitation dudit Privilege, ledit Sieur Exposant se trouve obligé de faire imprimer & graver les Paroles & la Musique des Opera qui doivent être représentés ; mais que pour cet effet il a besoin de notre Permission & des Lettres qu'il Nous a très-humblement fait supplier de lui accorder. A CES CAUSES, voulant favorablement traiter ledit Exposant : Nous lui avons permis & permettons parces Presentes de faire imprimer & graver *les Paroles & Musique des Opera, Ballets & Fêtes qui ont été ou qui seront representés par l'Academie Royale de Musique, tant séparément que conjointement*, en tels Volumes forme, marge, caractere, & autant de fois que bon lui semblera, & de les faire vendre & debiter partout notre Royaume ; pendant le temps de vingt-neuf années consecutives à compter du jour de la datte desdites Presentes. Faisons défenses à toutes personnes de quelque qualité & condition qu'elles soient d'en introduire d'Impression ou Gravures Etrangere dans aucun lieu de notre obéissance : Comme aussi à tous Imprimeur, Libraire, Graveurs, Imprimeurs Marchands en Taille-Douce, & autres de graver, ni faire graver d'imprimer, ou faire imprimer, vendre, faire vendre, debiter ni contrefaire lesdites Impressions, Planches & Figures de Paroles, de Musique des Opera, Ballets & Fêtes, qui ont été ou qui seront representez par ladite Academie Royale de Musique, tant séparément que conjointement en tout ni en partie, sans la permission expresse & par écrit dudit Sieur Exposant, ou de ceuxqui auront droit de lui ; à peine de confiscation tant des Planches & figures que des Exemplaires contrefaits, & des Ustanciles qui auront servi à ladite contrefaçon, que Nous entendons être saisis en quelque lieu qu'ils soient trouvez, de dix mille livres d'amende contre chacun des Contrevenans, dont un tiers à Nous, un tiers à l'Hôtel-Dieu de Paris, l'autre tiers audit Sieur Exposant, & de tous dépens, dommages & intérests, à la charge que ces Presentes seront enregistrées tout au long sur le Registre de la Communauté des Libraires & Imprimeurs de Paris, dans trois mois de la datte d'icelles ; que la Gravure & Impression desdites Paroles & Opera sera faire dans notre Royaume & non ailleurs, enbon papier & beaux caracteres, conformément aux Reglemens de la Librairie, & notamment à celui du dix Avril 1725. & qu'avant de l'exposer en vente les Manuscrits gravés ou imprimé seront remis dans le même état où l'Approbation y aura été donnée ès mains de notre très-cher & feal Chevalier Garde des Sceaux de France, le Sr Chauvelin ; qu'il en sera remis deux Exemplaires de chacun dans notre Bibliotheque publique un dans celle de notre Château du Louvre, & un dans celle de notre très-cher & feal Chevalier Garde des Sceaux de France le Sr Chauvelin. Le tout à peine de nullité des Présentes ; Du contenu desquelles Vous mandons & enjoignons de faire jouir ledit Sieur Exposant, ou ses Ayants-cause, pleinement & paisiblement sans souffrir qu'il leur soit fait aucun trouble ou empêchement. Voulons que la Copie desdites Présentes, qui sera imprimée tout au long au commencement ou à la fin dudit Ouvrage, soit tenue pour düement signifiée ; & qu'aux Copies collationnées par l'un de nos amés & feaux Conseillers & Secretaires, foy soit ajoûtée comme à l'Original. Commandons au premier notre Huiffier ou Sergent, de faire pour l'exécution d'icelles tous Actes requis & necessaires, sans demander autre permiffion, & no nobstant Clameur de Haro, Chartre Normande & Lettres à ce contraires. CAR tel est nôtre plaisir. DONNE' à Fontainebleau Paris le douziéme jour du mois de Novembre, l'An de Grace mil sept, trente-quatre, & de notre Regne le vingtiéme : *Et plus bas*, Par le Roy en son Conseil. *Signé* SAINSON, avec paraphe.

Regiftré fur le Regiftre VIII. de la Chambre Royale des Libraires & Imprimeurs de Paris, N. 797. fol. 779. conformément aux anciens Réglemens, confirmés par celui du 28 Février 1723. A Paris le 23 Novembre 1734.

G. MARTIN, *Syndic.*

De l'Imprimerie de la Veuve DELORMEL, & Fils, Imprimeur de l'Académie Royale de Mufique, ruë du Foin, à Sainte Geneviéve & à la Colombe Royale.